Les Chats de la tour Eiffel

Les Chats de la tour Eiffel

Auro Roselli

traduit de l'anglais
par Didier da Silva

Illustrations
Laurent de Brunhoff

hélium

Note du traducteur : tous les mots qui apparaissent en italiques et sont suivis d'un astérisque sont en français dans le texte original.

IL FUT UN TEMPS où la tour Eiffel était sans chats.

Vous pouviez prendre le premier ascenseur pour le *premier étage** (c'est-à-dire le deuxième, mais en France, allez savoir pourquoi, le premier étage s'appelle le « rez-de-chaussée »), puis le deuxième ascenseur pour le *deuxième étage** (c'est-à-dire le troisième pour un Américain), vous pouviez prendre ensuite le troisième ascenseur, puis l'ascenseur du sud jusqu'au *troisième étage** (même s'il avait l'air bien plus haut que ça), et vous n'auriez pas vu la queue d'un chat sur aucun des milliards de poutres, de boulons et d'écrous du jeu de construction géant que M. Eiffel a laissé, tel quel, à Paris. Rien que des poutres, des boulons et des écrous, certains gros, certains petits, les uns proches et les autres lointains, et les maisons rapetissaient à mesure que vous vous éleviez, de même que les arbres, les voitures, les gens et les *bateaux-mouches**, ces drôles de bateaux touristiques à bord desquels vous ne pouviez monter tant que vous n'aviez pas vu TOUS les *monuments historiques**.

Alors les enfants suivaient docilement leurs parents du *premier étage** au deuxième et du deuxième au troisième, sans pouvoir admirer en paix les jolies petites voitures et les jolis petits trains verts avec un wagon rouge au milieu, parce que leurs parents ou des professeurs ou des guides touristiques (ou une combinaison des trois) ne cessaient de pointer du doigt tous ces monuments historiques, en déblatérant à propos des horribles batailles que leur construction avait provoquées.

Et si les enfants disaient qu'ils s'ennuyaient, les parents répondaient que c'était une terrible chose de s'ennuyer sur la tour Eiffel, et quand les enfants demandaient pourquoi, les parents ne savaient pas quoi répondre et se contentaient de dire non à leur question suivante, quelle qu'elle soit.

Et puis, un jour, la petite Adalgise amena Ronronne.

Adalgise était une fillette de huit ans, avec de grands yeux marron et des cheveux qui tenaient à la fois du saule pleureur et de l'artichaut ; elle vivait au fond d'une sombre ruelle en compagnie d'une tante très pauvre qui n'avait même pas de quoi nourrir un chaton. Ronronne était la plus douce et la plus ravissante des minettes de Paris, et Adalgise venait tout juste de la trouver. Elle l'avait cachée sous son imperméable, et Ronronne s'embêtait là-dessous et commençait à se demander pourquoi tous ces gens poussaient des « oh » et des « ah » et des « oh là là ». Alors elle s'était mise à miauler et Adalgise avait fait semblant de chercher, dans l'ascenseur, ce qui pouvait bien faire le bruit d'un chat qui miaule, et tout le monde s'était mis à chercher ce qui pouvait bien, dans l'ascenseur, faire le bruit d'un chat qui miaule, même le liftier, qui pour

finir avait pensé que c'était simplement une poulie qui grinçait, une poulie et rien d'autre.

Mais Ronronne n'était pas une poulie, et quand l'ascenseur s'arrêta, elle ne s'arrêta pas de miauler, alors Adalgise batailla pour la faire se tenir tranquille et Ronronne batailla pour miauler et Adalgise batailla pour la garder sous son imperméable et Ronronne batailla pour en sortir et, comme souvent lorsqu'une petite fille tente d'empêcher une chatte de s'enfuir, la chatte lui faussa compagnie.

Elle s'échappa juste au moment où les « oh » et les « ah » et les « oh là là » s'intensifiaient, parce que l'ascenseur s'était arrêté et que tout le monde en sortait pour voir tous ces monuments historiques. Elle se faufila parmi la foule de ces grosses chaussures qui piétinaient autour d'elle, se ruant vers un abri, c'est-à-dire forcément l'une des milliards de poutres, puis vers un abri plus sûr, puis un autre encore plus sûr, et bientôt elle fut parfaitement en sécurité dans un endroit que seul un chat pouvait trouver parfaitement sûr, vu qu'à sa place vous seriez devenu vert en un clin d'œil, à cause du vertige, en regardant en bas.

Le temps passa.

Se nourrissant dans le restaurant du premier étage sans payer pour ça (ce qui est normal pour un chat), Ronronne apprit à connaître toutes les façons de descendre et de monter dans la Tour, et elle devint si belle en grandissant qu'elle n'eut aucun mal à trouver un mari et à le convaincre de s'installer avec elle sur

les poutres, les boulons et les écrous de la tour Eiffel. Bientôt elle eut des chatons aussi doux et ravissants qu'elle, et ces chatons grandirent et eurent à leur tour des chatons, qui grandirent et eurent à leur tour des chatons.

Un jour, tandis qu'au *deuxième étage**, lequel n'est pas le plus haut mais se trouve assez haut quand même, les touristes écoutaient un guide expliquer *les monuments historiques**, un petit garçon qui furetait partout se figea brusquement.

«Oh, regardez, s'exclama-t-il, un chat!

–Ne sois pas stupide, Arthur, répliqua sa mère. Il n'y a pas de chats sur la tour Eiffel.

–N'empêche, insista Arthur, il y a un animal avec quatre pattes et une queue au milieu de toutes ces poutres, tous ces boulons et tous ces écrous!

–Arrête de dire n'importe quoi, Arthur, intervint son père, et regarde plutôt les monuments historiques!»

Mais la mère d'Arthur avait toujours pensé que son mari était trop sévère et elle se mit à lever la tête et…

«Ça alors, Henry, s'écria-t-elle, il y a bel et bien un chat!»

Le père d'Arthur se mit à regarder aussi, afin de persuader sa femme et son fils et de se persuader lui-même qu'il n'y avait pas de chats dans la tour Eiffel, et la première chose qu'il vit fut un chat.

«Oh, regardez, dit-il, un chat!»

Quand un enfant dit une chose pareille, personne ne l'écoute, mais quand c'est un adulte, tous les autres adultes se retournent et regardent.

«Oh, regardez, un chat!» dirent-ils dans toutes sortes de langues et de dialectes.

«Et ici il y en a un autre!» s'exclama un touriste, le doigt pointé dans une autre direction.

«Et encore un autre!» s'exclama un autre touriste, le doigt pointé dans encore une autre direction.

Et bien vite ils virent tous des chats dans toutes les directions et devinrent des regardeurs de chats, et le guide, qui savait tout des monuments historiques et qui voulait le montrer, était resté seul et furieux.

Puis les touristes qui descendaient dirent qu'il y avait des chats sur la tour Eiffel aux touristes qui montaient, et ces derniers virent les chats et en redescendant le dirent aux nouveaux venus, et en quelques heures le bruit courait que s'il

y avait une chose à ne pas rater à Paris, ce n'étaient pas les monuments historiques, mais les chats de la tour Eiffel.

Tous les pays emploient des agents secrets pour savoir si les autres pays disent du mal du leur et, le cas échéant, faire quelque chose afin d'y remédier. La France ne faisait pas exception. Et ainsi, dans l'après-midi même, un agent secret alla voir le président de la République française et lui fit son rapport.

« Monsieur le Président, lui dit-il, la tour Eiffel est infestée par des chats.

– Infestée par des quoi ? tonna le Président.

– Infestée par des chats, Monsieur le Président, répondit l'agent secret.

– Des chats ? fit le Président. Quel genre de chats ?

– Des chats de gouttière, j'en ai peur, répondit l'agent secret. Des noirs, des blancs, des gris et des jaunes, avec toutes les combinaisons possibles de taches et de rayures. »

Le Président, à cette époque-là, était un grand homme avec un grand nez et un caractère abominable. Il voulait que tous les touristes contemplent les monuments historiques et rentrent chez eux très impressionnés, et il comprit immédiatement que si les touristes ne s'intéressaient plus qu'aux chats, ils ne rentreraient pas chez eux très impressionnés par les monuments historiques.

« Des chats ! dit-il gravement. Et combien y en a-t-il ?

– Un comptage précis est en cours, mais il est continuellement gêné par la mobilité, l'insaisissabilité et l'interchangeabilité de ces animaux», repartit l'agent secret, ce qui, dans le langage des agents secrets, signifie: «Je n'en sais rien.»

«Ne serait-ce qu'à vue de nez!» cria le Président, ce qui voulait dire: «Vous devez quand même en avoir une petite idée?» et aussi: «Ne jouez pas au plus malin avec moi.»

« Selon les plus récents et les plus minutieux des rapports en ma possession, répondit l'agent secret – une phrase qui ne veut pas dire grand-chose mais qu'un agent secret est souvent amené à prononcer s'il veut garder son travail –, on estime qu'ils sont des centaines, peut-être des milliers.

– *Sacrebleu**!» hurla le Président, ce qui voulait dire qu'il était vraiment en colère. «Et qu'avez-vous fait à ce sujet?

—Eh bien, dit l'agent secret, nous avons essayé de les compter, mais, à cause de leur mobilité, de leur insaisissabilité et...

—*Assez**!» le coupa le Président, avant de se mettre à faire les cent pas dans la «salle des délibérations», c'est-à-dire l'endroit où il allait pour réfléchir — une immense pièce dont la table et les chaises avaient de très grands pieds, comme pour correspondre à sa taille.

Lorsqu'il en revint, il déclara:

«Nous devons convoquer le Cabinet sur-le-champ», ce qui est une façon calme, digne et présidentielle de dire: «Au secours!»

Les ministres furent donc convoqués, l'agent secret leur répéta ce qu'il savait et, à la fin de son rapport, le Président dit:

«Eh bien, messieurs, vous avez entendu les nouvelles, à présent faites quelque chose», car les ministres sont des gens très importants qui non seulement écoutent les nouvelles, mais font quelque chose à leur sujet.

Les ministres étaient stupéfiés, mais ils assurèrent en chœur au Président que «Toutes les mesures nécessaires seraient prises», ce qui voulait dire qu'ils n'avaient aucune idée de ce qu'il fallait faire, puis ils rentrèrent chez eux pour réfléchir à la situation et communiquer leur nervosité à leurs proches.

Après une quinzaine de jours, ce qui est un temps raisonnable pour de telles affaires d'État, le Président les rappela et leur dit:

«Messieurs, il y a quinze jours, je vous ai mis au

courant de la grave menace que constitue l'invasion féline injustifiée dont est victime la tour Eiffel. Qu'allez-vous faire à ce sujet ? »

Les ministres regardèrent autour d'eux pour voir qui allait parler le premier, et finalement le ministre de la Marine s'éclaircit la gorge et se lança.

« *Monsieur le Président**, dit-il, en tant que ministre de la Marine, mon devoir et mon souci les plus élevés ont toujours été la défense de nos côtes et de nos eaux territoriales...

– Je sais, je sais, fit le Président. Venez-en au fait.

– Depuis que nous avons, à grand-peine, intercepté un cuirassé sur la Seine, nous nous tenons prêts à défendre nos eaux contre toute attaque d'où qu'elle vienne...

– Bien », dit le Président, qui savait que les chats n'avaient jamais menacé les eaux de personne mais comprenait que, considérant ses pouvoirs limités et ses compétences, le ministre de la Marine faisait de son mieux.

« Et vous ? demanda-t-il au ministre des Affaires étrangères.

– Monsieur le Président, commença le ministre des Affaires étrangères, il y a quinze jours...

– Au fait ! hurla le Président.

– ... nous avons entrepris d'examiner la possibilité d'une alliance avec les chiens contre les chats, et les perspectives paraissent encourageantes.

– Bien », dit le Président, qui savait que les chiens ne sont pas doués pour l'escalade mais comprenait que,

considérant ses pouvoirs limités et ses compétences, le ministre des Affaires étrangères faisait son mieux.

«Et vous? demanda-t-il au ministre de l'Éducation. Et venez-en rapidement au fait.

—Nous avons élaboré un livre historique qui rappelle que les chats étaient sacrés en Égypte et que le Forum dans la Rome antique était toujours plein de chats et...

—Bien, bien», dit le Président, qui savait que la version humaine de l'Histoire n'aurait aucun effet sur les chats mais comprenait que le ministre de l'Éducation avait, cependant, fait de son mieux.

«Et vous? demanda-t-il au ministre de la Justice.

—Monsieur le Président, répondit le ministre de la Justice, tous nos avocats et nos conseillers juridiques certifient que nous sommes en mesure d'intenter un procès aux chats pour violation de la propriété.

—Certes, mais en ce qui concerne leur expulsion? s'enquit le Président.

—Eh bien, dit le ministre de la Justice, nous avons d'ores et déjà mis en place une procédure *nulla osta*.

—Et qu'est-ce que cela signifie? demanda le Président.

— Que nous avons déclaré tous les chats *persona non grata* sur la tour Eiffel, ou plutôt, dans le cas qui nous occupe, *Felis catus domesticus non grata* – ce qui veut dire *chat indésirable* en latin – et que nous avons placardé cet avis dans toutes les parties accessibles de la tour Eiffel.

— Et comment ont réagi les chats ? demanda le Président.

— Avec perplexité, semble-t-il, répondit le ministre de la Justice.

— Hmmm, fit le Président, en s'enfonçant de plus en plus profondément dans ses pensées. Et vous ? » demanda-t-il au prochain ministre, qui se trouvait être le ministre de l'Aviation.

« Monsieur le Président, répondit ce dernier, depuis que nous ne sommes plus en guerre, nous nous limitons à de pacifiques reconnaissances aériennes – autrement dit, espionner est tout ce que vous pouvez faire si vous voulez rester en paix, et encore, en observant une extrême prudence, et nous avons obtenu ces images des positions ennemies. »

Et il tendit au Président une grosse enveloppe pleine de photos.

Le Président les regarda. Elles étaient remarquablement détaillées. Vous pouviez voir des chats et des chats, des chatons et encore des chats et toujours plus de chats, les uns trottinant sur les poutres et les boulons et les écrous, les autres assis ou debout, certains même avaient l'air de prendre la pose devant les appareils.

«Sacrebleu! Sacrebleu!» s'écria le Président, ce qui voulait dire qu'il était deux fois plus en colère que s'il s'était simplement écrié «Sacrebleu!» ; puis il arpenta quelques minutes encore la salle des délibérations, et quand il s'arrêta, il se retrouva devant le ministre des *Travaux publics** – l'homme qui avait pour mission de bâtir les futurs monuments historiques.

«Monsieur le Président, dit le ministre des Travaux publics, nous avons conduit la plus scrupuleuse étude du problème et nous avons établi que dans un milliard huit cent soixante-quinze millions et cinq cent vingt-sept ans, trois mois et environ dix-sept jours les chats auront complètement ruiné la tour Eiffel.

–Sacrebleu! Sacrebleu! Sacrebleu! s'écria le Président. Nous devons agir immédiatement!»

Il fit les cent pas quelques instants encore, puis il se redressa et...

«*La guerre aux chats**! gronda-t-il.

–La guerre aux chats!» répétèrent les ministres, car c'était ce qu'il y avait de plus patriotique à faire en de telles circonstances.

«*En avant la Garde républicaine**!» alla crier le ministre de la Guerre à la fenêtre, et tous les chevaux du Président comme tous les hommes du Président, avec leurs tambours et leurs étendards et tout leur fourniment, franchirent les portes du palais présidentiel pour aller mener la guerre contre les chats.

Le hic, c'est que pour réussir une guerre, l'ennemi doit y mettre du sien. Si vous disposez d'une

*Garde républicaine** et que vous l'envoyez à l'assaut, il vaut mieux que l'ennemi assemble une Contre-Garde républicaine afin de contre-attaquer (et pas trop sauvagement non plus), autrement cela devient franchement déroutant et démoralisant. Les chats, toutefois, ne s'en doutaient pas, et ils se contentèrent de baisser les yeux, l'air perplexe, sur les vagues de chevaux et de soldats qui chargeaient sabre au clair.

Lorsque les gardes républicains arrivèrent sur la grande place vide qui se trouve sous la tour Eiffel, ils s'immobilisèrent, et le lieutenant alla voir le capitaine.

«*Mon capitaine**, dit-il, que devons-nous faire à présent ?»

Le capitaine enleva son casque, se gratta la tête, puis il remit son casque et répondit :

«Nous allons appeler des renforts», comme le fait tout vaillant soldat en de tels cas déconcertants.

La nouvelle de cet échec atteignit rapidement le palais présidentiel et le Président l'annonça avec gravité à ses ministres.

«Je vous l'avais dit, je vous l'avais dit!» jubila le vice-ministre de la Guerre, qui jalousait secrètement le ministre de la Guerre et espérait prendre sa place. «Les chevaux sont obsolètes en matière de guerre moderne.

—Pourtant, riposta le ministre de la Guerre, vous avez vous-même reconnu que la Garde républicaine aurait l'air stupide sur des Vespa!

—Messieurs, messieurs, les interrompit le Président, il s'agit d'une crise nationale; alors mettez de côté vos différends, et rassemblez-vous autour du drapeau jusqu'à ce que nous remportions la victoire finale!»

À ces mots, le ministre et le vice-ministre rougirent de honte et cessèrent aussitôt de se disputer.

«Comme c'est une sorte de guerre tout à fait particulière, elle devrait être menée par des troupes tout à fait particulières... avança le ministre de la Guerre.

—Je sais! triompha le vice-ministre. Les *chasseurs alpins**!»

Les chasseurs alpins sont une espèce tout à fait particulière de troupes de montagne entraînées à escalader des sommets impossibles pour y planter leur drapeau, quoi qu'il arrive. On fit appel à eux et, comme on pouvait s'y attendre, bien vite leur capitaine plantait un drapeau au sommet de la tour Eiffel. Puis, après avoir fait monter ses hommes, le valeureux capitaine les fit redescendre et il alla faire son rapport au Président.

«Monsieur le Président, dit-il, nous avons planté le drapeau tricolore au sommet de la tour Eiffel.

—Bien, fit le Président, et les chats?

—Ils n'ont offert aucune résistance, dit le capitaine.

—Excellent. Et où sont-ils maintenant? demanda le Président.

—Dans la tour Eiffel, répondit le capitaine.

—Je le savais, je le savais, je le savais!» explosa le Président.

Ce qu'il avait toujours su, c'est qu'on ne peut pas faire confiance à un ennemi qui s'écarte sur votre passage. Un tel ennemi est susceptible de revenir là où il était dès l'instant où vous battez en retraite.

Alors le Président décida de se débarrasser de ses ministres et de se tourner vers ses conseillers secrets.

Le conseiller secret numéro 1 proposa d'affamer les chats en faisant fermer tous les restaurants de la tour Eiffel. Le conseiller secret numéro 2 répliqua que ce serait mauvais pour les affaires, d'autant que sa tante possédait l'un de ces restaurants, et il suggéra d'électrocuter plutôt tous les chats en reliant la tour Eiffel à quelque fil à haute tension. Le conseiller secret numéro 3, qui était aussi un ornithologue amateur, fit valoir que cela entraînerait la mort de centaines d'oiseaux innocents, et il proposa d'enfumer plutôt les chats en faisant brûler des pneus, des peignes et toutes les choses puantes auxquelles on pouvait penser. Le conseiller secret numéro 4 proposa de renvoyer les conseillers secrets numéro 1, 2 et 3, parce que toutes leurs solutions auraient fait une désastreuse impression sur les touristes que les monuments historiques étaient censés impressionner. D'ailleurs, c'était un fabricant de parfums.

Désespéré, le Président consulta sa mère.

C'était une gentille vieille dame qui n'avait pas un seul ennemi dans tout le vaste monde et qui vivait dans un haut *château** muni de hautes murailles, de hautes tours, de pièces hautes de plafond, de hauts lits et de chaises hautes. Depuis que le Président était petit, elle l'avait entendu à maintes reprises se plaindre de ses ennemis, et elle avait appris à faire la part des choses dans ce qu'il disait sous le coup de la colère. Cette fois encore, elle l'écouta patiemment, persuadée que la situation n'était pas aussi épouvantable que son fils le pensait.

« Eh bien, dit-elle, tous ces chats doivent aussi avoir une mère. Ne pourrais-tu pas la trouver et la convaincre de descendre avec tous ses chatons et petits-chatons et arrière-petits-chatons ? »

Comme toujours, Mère était de bon conseil, songea le Président. Seulement, comment savoir qui était la mère, la grand-mère et l'arrière-grand-mère de tous ces chats, chatons et petits-chatons ? Il était déjà difficile de dire qui était un parent ou un simple ami de la famille quand les chats de gouttière vivaient sur le plancher des vaches, alors ceux qui avaient élu domicile sur les poutres et les boulons et les écrous de la tour Eiffel, n'en parlons pas.

«Et si tu te faisais aider par *l'Inspecteur** Croûton, mon garde du corps ? suggéra la mère du Président. Il a recours à une sorte de magie connue sous le nom de "pouvoir de déduction" ; à son avis, les gens devraient l'utiliser au lieu d'appeler leur mère. Il a résolu grâce à elle les affaires les plus compliquées.»

Encore un excellent conseil, pensa le Président. Quand il s'agissait de percer un mystère, l'Inspecteur Croûton était le meilleur de tous les policiers de Paris. Il aurait facilement pu en devenir le chef, s'il n'avait pas été aussi modeste, et s'il n'avait pas eu le cœur aussi tendre ; voilà pourquoi il n'était que le garde du corps de la mère du Président, un travail à plein temps où il n'avait vraiment rien à faire, étant donné que la vieille dame n'avait pas un seul ennemi dans tout le vaste monde.

Lorsqu'il fut appelé au palais présidentiel et informé de sa nouvelle affectation, l'Inspecteur Croûton n'eut pas même un clignement d'yeux. Il écouta respectueusement et avec attention tout ce que le Président avait à lui dire, et son comportement tranquille et serein donna à ce dernier toutes les raisons d'espérer qu'ils étaient enfin sur la bonne voie. Puis l'Inspecteur rentra chez lui avec un terrible mal de tête.

Il n'en mit pas moins sa magie à contribution – autrement dit, il s'assit pour réfléchir au lieu d'appeler sa mère – et il fit bientôt des progrès.

Une mère, pensa l'Inspecteur Croûton, précède nécessairement ses chatons, donc le premier des chats de la tour Eiffel était probablement leur mère. Quand le premier chat avait-il été vu? Et pourquoi une maman chatte s'était-elle soudain installée sur la tour Eiffel?

Les chats aiment l'endroit où ils ont grandi et généralement ne déménagent pas, à moins que quelqu'un ne les déplace. Qui visite la tour Eiffel? Des touristes, bien sûr, et quelques Parisiens. Mais les touristes voyagent sans leurs chats ; ils les confient à une très bonne personne qui promet de prendre soin d'eux. Donc, c'était certainement quelqu'un de Paris. Qui? Un individu qui voulait se débarrasser de son chat? Peu vraisemblable : il est tellement plus simple d'abandonner son chat à la campagne plutôt qu'à la tour Eiffel. Qui, alors? Quelqu'un qui adorait les chats et en avait toujours un sur lui? Encore moins vraisemblable : les chats n'aiment pas être transportés bien longtemps, tout le monde sait ça... à moins d'être un enfant qui ne l'a pas encore compris! Un (ou une) enfant qui viendrait de trouver un chat et qui voudrait le ramener chez lui (ou chez elle), alors? Et qui aurait visité la tour Eiffel en croyant pouvoir le cacher pendant tout ce temps sous son manteau (ou son imperméable)?

Le lendemain matin, l'Inspecteur Croûton commençait son enquête avec le premier groupe de touristes, dans le premier ascenseur. Le liftier dudit ascenseur avait-il jamais vu un petit garçon ou une petite fille avec un chaton? Certainement pas, Monsieur. Les chats sont interdits dans la tour Eiffel. Et le liftier du deuxième ascenseur? Certainement pas, Monsieur. Le liftier du troisième ascenseur? Et celui du quatrième? Certainement pas, Monsieur. Tous les liftiers connaissent leurs obligations et aucun d'eux n'aurait

jamais permis qu'un chat monte dans la tour Eiffel.

L'Inspecteur Croûton était légèrement déçu quand il redescendit, mais pas tant que ça non plus, car il avait foi dans sa magie ; il savait que pour qu'elle fonctionne on devait y ajouter de la patience.

Ainsi, personne n'avait vu d'enfant avec un chat sur la tour Eiffel. Pourquoi ? *Mais évidemment** parce que ledit chat devait être dissimulé sous un manteau (ou un imperméable) ! Dans ce cas, est-ce que quelqu'un avait ENTENDU un chat ?

L'inspecteur Croûton revint interroger les liftiers. Non, Monsieur. Les chats sont interdits dans la tour Eiffel. Tous les liftiers connaissent leurs obligations et aucun d'eux n'aurait jamais permis qu'un chat monte dans la tour Eiffel.

L'Inspecteur Croûton était légèrement déçu quand il redescendit, mais il continuait à avoir foi dans ses raisonnements : il savait que perdre foi dans ses raisonnements est le plus sûr moyen de compliquer les choses.

Ainsi, personne n'avait entendu un chat miauler dans les ascenseurs de la tour Eiffel. Pourquoi? Eh bien, en premier lieu, le chat avait pu garder le silence. Mais les chats sont comme les enfants: ils ne restent jamais silencieux très longtemps, à moins qu'ils ne soient en train de faire une bêtise. Pourquoi, alors? Mais évidemment parce que, les chats étant interdits dans la tour Eiffel, un liftier ne pouvait pas s'attendre à entendre un chat miauler! Vous imaginez? Un chat dans la tour Eiffel! Par conséquent, il avait dû lever la tête et chercher, dans l'ascenseur, ce qui pouvait faire le bruit d'un chat. Une poulie qui grinçait, bien sûr. Une poulie et rien d'autre. L'un des liftiers s'était-il dit une chose pareille?

L'Inspecteur Croûton revint dans le premier ascenseur et demanda au liftier si, un jour, il y avait peut-être deux ou trois ans de cela, il avait entendu une poulie grincer, juste une poulie et rien d'autre. Non, Monsieur, répliqua le liftier. Nos poulies sont huilées bien avant qu'elles n'aient l'occasion de grincer. Et le liftier du deuxième ascenseur ? Non, Monsieur. Du troisième? Non, Monsieur. Et celui du quatrième ascenseur?

«*Oui, Monsieur**, lui répondit-il. Je l'ai même noté dans le registre officiel pour que l'homme de l'entretien vienne graisser cette poulie, car enfin c'est une honte qu'il ait laissé une poulie grincer, vous ne pensez pas, Monsieur? Bon, il vient et il me fait: "Quelle poulie? Il n'y a pas de poulie qui grince ici." Alors je lui fais: "Bien sûr que oui, il y a une poulie qui grince.

Je l'ai entendue de mes propres oreilles." Alors il me fait : "C'est un mensonge. Mes poulies ne sont pas du genre à grincer." Alors je lui fais : "Qui êtes-vous en train de traiter de menteur ?" Et là il me fait : "Je VOUS traite de menteur parce que vous n'êtes rien qu'un petit rapporteur." Du coup je lui fais : "Retirez ça immédiatement ou je vous en colle une." Et alors le concierge en chef s'est interposé et il a dit : "Oh là, oh là, messieurs, calmez-vous. Peut-être n'était-ce pas une poulie qui grinçait. Si ça se trouve, c'était un chat qui miaulait." Notre chef essaie toujours de faire de l'humour, Monsieur, et nous sommes obligés de rire pour garder notre travail...

– Et vous l'avez toujours, ce registre ? le coupa l'Inspecteur Croûton.

– Bien sûr, Monsieur, dit le liftier. Je ne jette jamais rien. Il est dans mon vestiaire. »

L'Inspecteur suivit le liftier afin d'examiner le registre.

« À quelle date avez-vous consigné l'incident de la poulie ? » lui demanda-t-il.

Le liftier du quatrième ascenseur voulut se donner de l'importance et se mit à feuilleter le registre à la manière d'un capitaine de navire, en suivant avec le doigt, comme s'il était rempli d'un très grand nombre

d'événements, alors qu'en réalité il n'y a pas grand-chose qui soit digne d'être noté dans les voyages d'un ascenseur ; et après un laps de temps convenable, il dit :

« Ah, c'est là : *Le 20 avril. Entendu une poulie grincer. Ai averti l'homme de l'entretien. Me suis disputé avec lui. Si le concierge en chef n'était pas intervenu...*

– Le 20 avril, hein ? fit l'Inspecteur. Eh bien, merci beaucoup. »

Et il redescendit pour aller s'asseoir à la terrasse d'un café et réfléchir.

Ainsi, c'était le 20 avril que le premier chat avait été – probablement – introduit dans la tour Eiffel, raisonna l'Inspecteur Croûton tout en sirotant un *café filtre** et en regardant une petite fille jouer avec un chat dans la rue, car il adorait les enfants autant qu'il adorait les chats. Oui, c'était probablement le 20 avril que quelqu'un, probablement une fillette, était monté avec un chat, probablement une petite chatte, en la cachant quelque part, probablement sous un imperméable, dans un ascenseur de la tour Eiffel, et qu'elle l'avait perdue ; selon toute probabilité, elle avait tenté de l'empêcher de s'enfuir et la chatte lui avait faussé compagnie. (Vous voyez de quoi est capable le pouvoir de déduction ?)

Et maintenant, quel enfant – probablement une petite Parisienne qui aimait les chats – irait le 20 avril à la tour Eiffel ? Voyons voir, se dit l'Inspecteur Croûton en sortant son agenda de poche. Le 20 avril était un jour d'école, alors pourquoi cet enfant n'était-il pas en classe ? Parce qu'il était malade ? Non : il avait été autorisé à sortir. Parce qu'il faisait l'école buissonnière ? Allons bon : ce n'était pas le genre d'un enfant qui aimait les chats, un enfant qui probablement ressemblait beaucoup à cette jolie petite fille qui était en train de jouer avec un chat dans la rue ! Pourquoi, alors ? Parce que c'était un jour spécial pour lui ou pour elle et qu'il, ou elle, avait eu le droit de rater l'école ? Quel jour spécial ? Un anniversaire ? Possible. Mais il avait pu s'agir d'une autre occasion : par exemple, la fête de son saint patron...

Et quel saint fêtait-on le 20 avril, juste pour voir ? L'Inspecteur rouvrit son agenda : on fêtait ce jour-là la Sainte-Adalgise. Adalgise... Qui avait-il vu, très récemment, qui ressemblait tellement à une Adalgise ? Serait-il possible que...

« Quel est ton nom, mon enfant ? demanda-t-il à la petite fille qui était en train de jouer avec un chat dans la rue.

– Adalgise, Monsieur », répondit très poliment la petite fille. C'était purement de la chance, bien sûr, mais reconnaissez que l'Inspecteur Croûton l'avait bien mérité.

«Et dis-moi, petite Adalgise, reprit-il, aurais-tu, par hasard, perdu un chat à la tour Eiffel ?»

Les grands yeux marron d'Adalgise devinrent encore plus grands et plus marron.

«Comment l'avez-vous deviné, Monsieur? s'étonna-t-elle.

—Grâce au pouvoir de déduction, répondit avec modestie l'Inspecteur Croûton, une espèce de magie que les gens devraient essayer d'utiliser de temps en temps, au lieu d'appeler immédiatement leur mère.

—C'était la plus douce et la plus ravissante minette de Paris, dit Adalgise, et elle s'appelait Ronronne.

—Et dis-moi, Adalgise, fit l'Inspecteur Croûton, est-ce que tu serais contente de la retrouver?

—Oh oui, dit Adalgise, mais je vis avec ma tante, qui est très pauvre, dans une très petite maison, au fond d'une sombre ruelle. Nous n'avons même pas de quoi nourrir un chaton, et Ronronne doit être une chatte adulte à l'heure qu'il est !

—Eh bien, dit l'Inspecteur Croûton, que dirais-tu si je demandais de l'aide au président de la République?

—Monsieur le Président ? s'émerveilla Adalgise. Mais que pourrait-il faire ?

—Oh, fit l'Inspecteur Croûton, pour commencer, il pourrait faire apporter chaque jour, à votre maison, par un garde républicain, du lait et de la nourriture pour chat!

—Oh, ma tante adorerait ça! s'écria gaiement Adalgise. Attendez que je lui dise!

—Une minute, petite Adalgise. Laisse-moi d'abord appeler Monsieur le Président pour lui demander s'il est d'accord», dit l'Inspecteur Croûton, qui prenait toujours ses précautions dans ce genre de cas, pour ne pas avoir à être désolé plus tard.

Il téléphona donc au Président et lui dit :

«Monsieur le Président, je pense qu'un *dénouement** dans l'affaire des chats est imminent. Pouvez-vous promettre de faire apporter chaque jour, par un garde républicain, du lait et de la nourriture pour chat, à une certaine adresse que je vais vous dire ?

– *Mais bien sûr**, répondit le Président. Je vous donne ma parole.

– Et... comment dire, Monsieur le Président, ajouta un peu gêné l'Inspecteur Croûton, il y aura peut-être plus d'un chat à nourrir...

– Je vais avertir le Trésor public, dit le Président.

– Eh bien, dans ce cas, dit l'Inspecteur Croûton, le dénouement aura lieu sous la tour Eiffel dans une demi-heure.

– Attendez-moi, fit le Président. Je serai là avec le Cabinet au grand complet.»

Sur ce, l'Inspecteur Croûton se rendit chez la tante d'Adalgise et, en toute confiance, lui assura que tous les chats qui se présenteraient à l'avenir dans sa maison seraient personnellement nourris par la Garde républicaine (car qui pourrait mettre en doute la parole d'un Président qui vous dit : «Mais bien sûr» ?) ; et, parce que son visage respirait l'honnêteté, la tante d'Adalgise le crut. Puis il lui demanda la permission d'emmener Adalgise à la tour Eiffel, et, parce que son visage respirait l'honnêteté et qu'il avait promis de faire bien attention en traversant la rue, elle la lui accorda. Alors il prit Adalgise par la main et la conduisit sur la grande place vide qui se trouve sous la tour Eiffel, et ils attendirent.

Bientôt, la longue limousine noire du Président apparut, puis, derrière elle, les longues limousines de tous les ministres (pas tout à fait aussi longues, cependant, que la limousine du Président), et tous se garèrent en cercle autour de la grande place vide, dans l'attente du dénouement.

« Maintenant, petite Adalgise, dit l'Inspecteur Croûton, appelle ton chat.

– Ronronne, Ronronne ! *Viens ici**, Ronronne, viens ici ! », appela Adalgise.

À cet instant, la tour Eiffel entière parut s'animer. De toutes les poutres, de tous les boulons et de tous les écrous, des chats et des chats, des chatons et des chats, des chatons et encore plus de chats et de chatons, des noirs, des blancs, des gris et des jaunes, avec toutes les combinaisons possibles de taches et de rayures, se mirent à descendre à la suite d'un chat unique qui était – vous l'avez deviné – Ronronne. Car voyez-vous, même si Ronronne passait des jours heureux dans la tour Eiffel, entourée de tout l'amour de son mari et de ses chatons, petits-chatons et arrière-petits-chatons, une chose lui avait toujours, toujours tristement manqué : l'amour d'un humain, cette sorte d'amour qu'elle n'avait connue, brièvement, que pendant une heure, quand elle était toute

petite et qu'Adalgise l'avait prise dans ses bras pour la caresser. Et Ronronne était la plus douce et la plus ravissante minette de Paris.

En entendant Adalgise, elle avait descendu à toute vitesse toutes ces poutres et ces boulons et ces écrous, et parce qu'elle était la mère et la grand-mère et l'arrière-grand-mère de tous les autres chats (et bien que ceux-ci soient encore tout à fait jeunes et très joueurs), tous les autres chats l'avaient suivie. Et même s'ils étaient sur la terre ferme au milieu de la grande place vide qui se trouve sous la tour Eiffel, ils formaient sagement une longue et sinueuse queue-leu-leu, et personne ne poussait pour être caressé en premier par Adalgise (et heureusement, parce que sinon la pauvre Adalgise aurait suffoqué sous une montagne de chats). Personne ne poussait car c'était ainsi qu'ils avaient été élevés – vous ne poussez pas, un point c'est tout, quand vous vivez dans la tour Eiffel.

Ce spectacle avait, bien sûr, tout pour ravir le Président, qui méditait déjà des récompenses pour Adalgise, des promotions pour l'Inspecteur Croûton, et les ministres, verts de jalousie, se démenaient pour attirer son attention.

«Monsieur le Président, dit le ministre de la Marine, grâce à nos navires de guerre, les chats n'ont même pas osé attaquer la Seine!

–Monsieur le Président, dit le ministre des Affaires étrangères, notre alliance avec les chiens de Paris est plus solide que jamais!

–Monsieur le Président, dit le ministre de l'Éducation, le chapitre que nous avons ajouté à l'Histoire...

– Monsieur le Président, dit le ministre de la Justice, *Justice est faite** (ce qui implique souvent qu'elle ne s'est pas faite toute seule).

– Monsieur le Président, dit le ministre de l'Aviation, nos reconnaissances aériennes montrent que les chats ont, à l'heure actuelle, totalement déserté la tour Eiffel.

– Monsieur le Président, dit le ministre des Travaux publics, notre inspection montre que l'usure de la tour Eiffel, même en tenant compte des égratignures, est tout à fait négligeable.

– Merci, messieurs, merci, déclara le Président. Chacun de vous recevra une médaille en temps voulu, mais en attendant laissez-moi voir ce que je peux faire pour la petite Adalgise et pour notre valeureux Inspecteur Croûton. »

Hélas, la petite Adalgise était en larmes.

« Monsieur le Président, sanglotait-elle, ma tante ne voudra jamais accueillir tant de chats dans notre toute petite maison. Ils ne rentreraient même pas dans notre ruelle ! »

Le Président considéra la longue et sinueuse file de chats qui attendaient d'être caressés par Adalgise et mesura tout de suite l'étendue du problème. Puis il se tourna vers ses ministres, lesquels, selon leurs pouvoirs limités et leurs compétences, s'étaient tous mis à chercher une solution, et il sut à leurs expressions qu'ils n'étaient pas près d'en trouver une. Il n'y avait que dans l'honnête regard de l'Inspecteur Croûton que scintillait la petite lueur d'une solution.

«Oui? l'encouragea le Président.

–Monsieur le Président, dit l'Inspecteur Croûton, *Madame votre mère** vit dans un haut château, et elle adore les chats.

–Ma mère adore les chats? s'étonna le Président. Elle ne me l'a jamais dit. Comment le savez-vous?

–Le pouvoir de déduction, Monsieur le Président. Puis-je vous parler à l'oreille?

–Eh bien, fit le Président, je suppose que oui, s'il s'agit d'un secret d'État... Cela ne vous dérange pas?» ajouta-t-il à l'attention de ses ministres, qui se tordaient le cou pour écouter tout en faisant semblant de regarder ailleurs.

«Évidemment non! répondirent les ministres avec empressement, alors que ça ne leur plaisait pas du tout.

–Dans ce cas, tordez-vous le cou dans une autre direction!» cria le Président, qui savait être sévère quand il le fallait.

Les ministres devinrent rouges comme des tomates et beaucoup trop gênés pour écouter.

«Monsieur le Président, murmura l'Inspecteur Croûton, pourquoi croyez-vous que Madame votre mère vit dans un haut château muni de hautes murailles, de hautes tours, de pièces hautes de plafond, de hauts lits et de chaises hautes, en exigeant que je la protège vingt-quatre heures sur vingt-quatre, alors que c'est une gentille vieille dame qui n'a pas un seul ennemi dans tout le vaste monde?

–Je me le suis toujours demandé, fit le Président.

—Mais évidemment, Monsieur le Président, Madame votre mère a peur des souris! murmura l'Inspecteur Croûton.

—Alors c'est pour ça!» s'exclama le Président, tellement surpris qu'il en oublia de chuchoter. Mais il se rattrapa à temps et reprit à voix basse: «Quand je pense qu'elle m'avait presque convaincu que pour être beaux les meubles devaient être très hauts! Jusque dans mon palais présidentiel, j'ai fait installer ces tables et ces chaises insensées qui font pendre dans le vide les jambes de mes ministres! Mais pourquoi ne l'a-t-elle jamais dit à personne?

—Eh bien, Monsieur le Président, dit l'Inspecteur Croûton, vous savez comment sont les mères. Elle craignait, si la nouvelle se répandait, que cela ne nuise à votre carrière politique.

—Je vois!» fit le Président, en frissonnant à la pensée de ce que ses ennemis auraient pu faire d'un tel secret. «On n'est jamais trop prudent quand il s'agit de garder son travail, hein?» ajouta-t-il en regardant l'Inspecteur Croûton, qui lui rendit un regard on ne peut plus compréhensif.

«Pour confirmer mon hypothèse, fit l'Inspecteur Croûton (qui à ce moment-là n'avait plus besoin de chuchoter), dites seulement à votre mère que vous avez trouvé un milliard de chats errants et demandez-lui si elle veut bien les accueillir chez elle.

—Excellente idée, dit le Président. Aucune personne dans son bon sens ne voudrait jamais accueillir un milliard de chats, à moins que...» (Et il fit un clin d'œil à l'Inspecteur Croûton, car ils partageaient un secret dont les ministres envieux, autour d'eux, ne savaient pas un traître mot.)

Alors le Président appela sa mère depuis le téléphone de sa longue limousine noire et, comme l'Inspecteur Croûton l'avait prédit, la vieille dame s'écria : « Un milliard de chats errants ? Mais c'est merveilleux ! Je serai plus qu'heureuse de les avoir avec moi. »

Adalgise et sa tante furent invitées à quitter leur petite maison au fond d'une sombre ruelle pour venir vivre dans le haut château de la mère du Président et l'aider à prendre soin de tous ces chats. Et elles y vécurent heureuses pour toujours.

Les experts ont estimé que la souris la plus proche se trouve désormais à cinquante kilomètres du château, ce qui veut dire que l'Inspecteur Croûton a moins de travail – or c'était tout ce qu'il voulait et tout ce qu'il demandait.

Et la tour Eiffel est à nouveau sans chats, et les touristes se sont remis à contempler les monuments historiques et à rentrer chez eux très impressionnés.

Pour ELISA,
la première à avoir vu des chats
dans la tour Eiffel
A. R.

Auro Roselli
Né en 1921, ce journaliste résistant se rebella contre l'autorité fasciste dès l'adolescence, ce qui lui valut de passer deux ans et demi en prison. Pendant la Seconde Guerre mondiale, il aida des alliés à rejoindre la Suisse et fut lui-même arrêté. Il parvint à s'enfuir du camp où il était retenu. Puis il travailla durant plus de trente ans au quotidien milanais *Il Giorno*, avant de prendre sa retraite en Californie. Il est mort en 2013.

Laurent de Brunhoff est né le 30 août 1925 à Paris. Il a suivi des études de peinture à l'Académie de La Grande Chaumière. À la mort de son père, Jean de Brunhoff, créateur de Babar, il a pris le relais et signé plus de la moitié des albums. Outre *Les Aventures de Babar*, Laurent de Brunhoff a aussi inventé ses propres personnages, dont Serafina. Il vit aux États-Unis depuis 1985.

L'éditeur remercie Sylvie Chabroux et Frédéric Poincelet
de lui avoir fait découvrir ce roman illustré à l'esprit pétillant.

Loi n° 49 956 du 16 juillet 1949
sur les publications destinées à la jeunesse
helium-editions.fr/
N° d'édition : JE 367
ISBN : 978-2-330-10853-3
Dépôt légal : second semestre 2018

L'édition originale de ce livre est parue en 1967 chez Delacorte Press, États-Unis
sous le titre *The Cats of the Eiffel Tower*

Réalisation de la maquette d'après l'édition originale : Katie Fechtmann
Imprimé par Printer Portuguesa au Portugal en août 2018